VENTE APRÈS

De Mlle ATHALIE MANVOY

ARTISTE DRAMATIQUE

BELLE ARGENTERIE

BIJOUX

Mobilier — Objets d'art — Tableaux

DENTELLES — GARDE-ROBE

<table>
<tr><td>M. P. CHEVALLIER</td><td>M. A. BLOCHE</td></tr>
<tr><td>COMMISSAIRE-PRISEUR</td><td>EXPERT</td></tr>
<tr><td>10, rue de la Grange-Batelière, 10</td><td>23, rue Chauchat, 23</td></tr>
</table>

CATALOGUE

DE

BELLE ARGENTERIE

ANCIENNE ET MODERNE

BIJOUX, DIAMANTS, PERLES, PIERRES DE COULEUR

Dentelles, Éventail ancien, Miniature

MOBILIER

Porcelaines anciennes, Bronzes d'art et d'ameublement
Sculptures

Tableaux, Aquarelles, Gravures

Tentures, Étoffes, Tapis, Garde-robe de femme, Lingerie

Le tout dépendant de la Succession

DE Mlle ATHALIE MANVOY

Artiste dramatique

ET DONT LA VENTE AURA LIEU

Par suite de son décès

HOTEL DROUOT, SALLE N° 2

Les Vendredi 9 et Samedi 10 Décembre 1887

A DEUX HEURES

M° P. CHEVALLIER	**M. A. BLOCHE**
COMMISSAIRE-PRISEUR	EXPERT
10, rue de la Grange-Batelière, 10	23, rue Chauchat, 23

EXPOSITION PUBLIQUE

Le Jeudi 8 Décembre 1887, de 1 heure 1/2 à 5 heures 1/2.

CONDITIONS DE LA VENTE

Elle sera faite au comptant.

Les acquéreurs paieront, en sus des adjudications, *cinq pour cent* applicables aux frais.

L'exposition mettant le public à même de se rendre compte de l'état des objets, il ne sera admis aucune réclamation une fois l'adjudication prononcée.

Paris. — Imp. de l'Art, 41, rue de la Victoire.

DÉSIGNATION DES OBJETS

BIJOUX

1 — Deux très jolies broches composées chacune
d'une grande émeraude cabochon, entourée de
seize brillants.

2 — Paire de boucles d'oreilles formées de grosses
perles montées à vis.

3 — Jolie applique de collier composée de trois
chatons, perle rose, perle grise et perle blanche,
entourés, l'un de brillants, les deux autres de
roses, et entrecoupés de quatre chatons en brillants.
Cartouches d'extrémités garnis de quatre petits brillants.

4 — Jolie broche forme papillon en émeraudes,
rubis, saphirs, brillants bruns, brillants blancs
et roses.

5 — Joli bracelet composé d'un saphir entouré de dix brillants, corps en or, enrichi de dix-huit brillants montés en chutes.

6 — Broche forme abeille, pouvant former pendant de cou, en perle rose, perle blanche et perle grise, avec ailes en brillants.

7 — Broche forme crabe tout pavé de belles roses de Hollande.

8 — Paire de boucles d'oreilles, perles montées à vis.

9 — Bracelet chaîne-gourmette, enrichi de rubis et de brillants.

10 — Chaîne à éventail en or, enrichie de cent quatre-vingt-douze brillants.

11 — Deux boucles de jarretières en or martelé, enrichies chacune de trois jolis brillants.

12 — Bracelet style indien, forme serpent en or.

13 — Montant d'éventail en écaille, avec chiffre en brillants.

14 — Petite montre en or à remontoir de *Briquet*, au chiffre M émaillé.

15-16 — Chaîne léontine en or mat et perles avec montre remontoir et porte-mine en or.

17 — Paire de boucles d'oreilles, perles grises montées à vis.

18 — Épingle de cravate forme trèfle à cinq feuilles,
en saphirs avec brillant au centre.

19 — Épingle enrichie d'une perle grise.

20 — Épingle enrichie d'un œil-de-chat.

21 — Cure-dents en or.

22 — Montre en or émaillé du temps de Louis XVI.

23 — Montre en or gravé et ciselé. Époque Louis
XVI.

24 — Montre en argent ciselé avec porte-mine en
argent niellé.

25 — Broche et boutons de manchettes en lapis-
lazuli, entourés de roses, monture en or.

26 — Broche camée dur, monture en or, enrichie
de roses et de perles pointées.

27 — Broche-barrette avec mouche en grenats cabo-
chons et roses.

28 — Paire de boutons de manchettes et broche
avec chiffre sous cristal, monture en or enrichie
de rubis et de roses.

29 — Paire de boucles d'oreilles en agates orien-
tales rubannées, entourées de roses, monture or.

30 — Broche camée dur, profil d'empereur romain, monture or.

31 — Bague composée d'une perle couleur rare, noir-vert, enrichie de six petits brillants.

32 — Broche avec tête de chien sous cristal, monture or.

33 — Petite boîte en argent doré, ciselé et guilloché. Style Louis XVI.

34 — Flacon forme œuf en argent, intérieur vermeil.

35 — Étui à fard en or, enrichi de deux jolis brillants.

36 — Très petite broche forme bête à bon Dieu, en œil-de-chat et roses.

37 — Broche forme pensée avec perle.

38 — Chaînette avec clochette en or.

39 — Broche forme double fer à cheval en or.

40 à 45 — Divers bijoux en argent et stras.

ARGENTERIE

46 — Deux magnifiques seaux en argent, à anses enrubannées, décor à guirlandes de laurier, fond

à jour avec intérieurs en verre bleu. Sur le pied, on lit l'inscription : IGN KRAVTAVER JNV : ET : FEC : VIENNAE, 1775.

47 — Grande boîte ronde à poudre de riz, en argent guilloché, intérieur en vermeil et à double fond, avec chiffre gravé : A. M.

48 — Très belle garniture de toilette pour deux personnes, en argent ciselé, style Louis XVI. Travail de la maison *Odiot,* se composant de deux cuvettes, deux aiguières, deux boîtes à brosses, deux savonnières, deux grandes timbales, quatre boîtes à poudre et à pommade, quatre grands flacons en cristal avec bouchons en argent, quatre autres moins grands avec montures en argent, deux coupes à éponges avec couvercles en argent, et quatre plateaux. L'intérieur de toutes ces pièces est en vermeil, et toutes portent en gravure les initiales A. M.

49 — Très beau service à thé et à café en argent gravé, bordure ciselée de style Louis XVI. Travail d'Odiot, Il se compose d'un grand plateau ovale à deux poignées massives, une bouilloire sur trépied à cariatides de bélier, une cafetière, une théière, un sucrier, un pot à crème, un petit pot à lait, un bol, avec intérieurs de certaines pièces en vermeil, et portant gravé le chiffre A. M.

50 — Belle lampe d'autel formant jardinière en argent repoussé, décorée de têtes de chérubins et de fleurs. Époque Louis XIV.

51 — Paire de très beaux flambeaux en argent, modèle à côtes tournantes, rocailles et guirlandes de fleurs avec écussons, papillons et coquilles se détachant en relief autour du pied. Travail français. Époque Louis XV.

52 — Paire de flambeaux en argent repoussé, modèle à côtes tournantes, relevés de jetées de fleurs. Époque Louis XV.

53 — Paire de jolis petits bras d'appliques à trois lumières, en argent ciselé, fond à guirlandes de laurier. Travail français. Époque Louis XVI.

54 — Porte-bouquets en argent gravé, dessin à arabesques.

55 — Deux grandes coquilles à anses formant bonbonniers, en argent, intérieur en vermeil.

56 — Corbeille à pain en argent gravé et repoussé, partie dorée, dessin vannerie avec serviette jetée imitant le damassé.

57 — Cafetière avec trépied-réchaud pour faire le café, en argent guilloché avec chiffre gravé : A. M.

58 — Plateau ovale en argent avec chiffre gravé : A. M.

59 — Boîte à café en argent, avec mesure à eau et mesure à café.

60 — Casserole à chocolat en argent, avec couvercle, manche en ivoire.

61 — Casserole en argent, manche en bois noir.

62 — Quatre salières en argent guilloché, bordure perlée. Travail d'*Aucoc*.

63 — Réchaud en argent.

64 — Petite cafetière en argent uni, manche en bois noir.

65 — Très beau service à thé en argent guilloché, composé d'un grand plateau à contours, bords perlés, une bouilloire avec trépied et lampe à esprit-de-vin, une théière, une boîte à thé, un flacon, un sucrier, un pot à crème et un grand bol. Intérieurs en vermeil. Toutes les pièces gravées au chiffre A. M.

66 — Sucrier avec couvercle et plateau en argent repoussé.

67 — Solitaire en argent guilloché, composé d'un plateau à contours, une tasse avec soucoupe, une cafetière, un sucrier et un pot à crème gravés au chiffre M.

68 — Joli sucrier en argent repoussé, de style

Louis XVI, décor à guirlandes de fleurs et rocailles, surmonté d'un bouquet de roses. Travail
de *Taburet*.

69 — Écuelle à anses plates, finement ciseléc, à
mascarons et écussons-coquilles, avec couvercle
repoussé, surmonté d'une pomme de pin. Travail français du temps de Louis XIV ; porte sous
une anse le nom de P. Le Cour.

70 — Petit légumier avec couvercle et plateau en
argent, bordure gravée. Style premier Empire.
Travail de *Christofle*.

71 — Belle écuelle à anses plates à ornements ciselés, avec couvercle repoussé richement décoré
de fleurs, de rocailles et d'armoiries, couronné
par un artichaut. Travail français du temps de
Louis XIV.

72 — Deux plats ovales en argent guilloché, de dif-
férentes grandeurs. Travail d'*Aucoc*.

73 — Cinq plats ronds en argent guilloché, de diffé-
rentes grandeurs. Travail d'Aucoc.

74 — Réchaud en argent guilloché, avec pieds et
anses ciselés. Style Louis XVI.

75 — Légumier en argent guilloché, avec anses
ciselées, couvercle surmonté d'un artichaut.

76 — Plat à œufs en argent, avec petites anses.

77 — Petit plat en argent, bordure à godrons. Travail de *Turquet*.

78 — Jolie écritoire en argent repoussé, décor rocailles dit feuilles de choux, avec lumière au milieu, et bouchons formés de figurines d'amours ciselées.

79 — Huilier en argent, modèle à consoles enguirlandées de laurier, tour à chaînettes. Travail français. Époque Louis XVI.

80 — Beurrier à double fond en argent, forme ovale. gravé avec chiffre A. M., bordure tore de laurier, couvercle surmonté d'une vache couchée. Travail d'Odiot.

81 — Ménagère en argent guilloché, à bords perlés.

82 — Coupe à bonbons, forme lobée, en argent repoussé ; intérieur doré. Travail anglais de *Thomas*.

83 — Escarcelle en velours noir avec monture en argent gravé. Style Renaissance.

84 — Petite cafetière en argent repoussé tripode, modèle à côtes tournantes. Style Louis XV. Travail de *Lapar*.

85 — Très petite cafetière en argent repoussé, décor à guirlandes de roses. Époque Louis XVI.

86 — Dix couteaux et dix fourchettes, manches en argent repoussé, décor à coquilles, sujets de chasse et ornements. Style Louis XV.

87 — Douze petites cuillères en vermeil, modèle à coquilles, figurines et dauphin. Style Renaissance.

88 — Six cuillères à café en vermeil, modèle Louis XV.

89 — Six cuillères à café en vermeil, manches tournés.

90 — Quatre pelles à sel en vermeil et gravées.

91 — Cuillère à thé en vermeil et argent gravé.

92 — Deux cuillères en vermeil niellé, de *Toula*.

93 — Très petite cafetière en argent ; style Louis XVI ; manche en bois noir.

94 — Boîte à sel en argent émaillé. Travail russe.

95 — Agrafe de manteau en argent repoussé. Époque Louis XV.

96 — Salière ovale, modèle à guirlandes de roses et de laurier. Époque Louis XVI.

97 — Quatre petites coupes à déguster en argent gravé, modèles divers. Travail ancien.

98 — Timbale en argent gravé, intérieur en vermeil.

99 — Porte-verre en argent.

100 — Légumier à anses en argent uni.

101 — Deux petites écuelles en argent.

102 — Dix dessous de carafes et douze trésigles en argent, bords festonnés. Travail de *Maurice Meyer*.

103 — Plateau et couvercle pour beurrier en argent guilloché, de *Cardeilhac*.

104 — Nombreux couverts pour services de table en argent.

105 — Petite cuillère en argent niellé.

106 — Cuillère à sucre en argent.

107 — Entonnoir en argent guilloché.

108 — Trois pinces à sucre, modèles divers, en argent.

109 — Deux cuillères à café en argent guilloché.

110 — Petite fourchette et petite cuillère en argent guilloché.

111 — Miroir de poche, monture en argent avec chiffre en relief : A M.

112 — Dix boutons en argent.

113 — Petit étui à aiguilles en argent.

114 — Timbale en argent guilloché, intérieur vermeil.

115 — Porte-allumettes, forme sac, en argent. Travail russe.

116 — Petite coupe, forme chiffon, en argent.

117 — Six poivrières minuscules en argent.

118 — Soucoupe en vermeil guilloché.

119 — Sucrier en argent, dessin vannerie. Travail russe.

120 — Deux petits vases en argent et vermeil. Travail russe.

121 — Porte-cure-dents en argent guilloché, forme vase.

122 — Cassolette à œufs en argent repercé, avec crémaillère chaînette.

123 à 140 — Nombreux objets en argenture et en ruolz.

ÉVENTAIL, MINIATURE

141 — Très bel éventail du temps de Louis XV, monture en écaille blonde, piqué d'or avec feuille représentant Daphné poursuivie par Apollon et

transformée en laurier. Dans un cadre à fond de
satin blanc capitonné.

142 — Jolie miniature : Portrait de la reine Marie
Leczinska, par Lefèvre. Cadre en or.

DENTELLE

143 à 162 — Point à l'aiguille, point d'Angleterre,
guipures de Venise et de Bruges, applications
de Bruxelles, volants, bertes, garnitures de cor-
sages, mouchoirs, etc.

LINGERIE

163 à 172 — Beau linge de corps et de ménage.

GARDE-ROBE

173 à 202 — Costumes d'hiver, d'été, de soirées, de
ville, manteaux, fourrures, chapeaux, etc.

TABLEAUX

AQUARELLES, DESSINS

203 — **Baudoin** (D'après). *Le Coucher de la mariée.* Gravure.

204 — **Cseprkobz.** *Chariot russe ; effet d'hiver.*

205 — **Debucourt.** *Le Menuet de la mariée.* Jolie gravure en couleur.

206 — **École moderne.** *Scène de cabaret.* Aquarelle.

207 — **Goulie.** *Portrait de Kiribi, petit chien.*

208 — **Lély.** *Portrait de la reine Marie-Antoinette.* Pastel.

209 — **Naswetewitsh.** *Tête de jeune femme endormie.* Dessin rehaussé d'aquarelle.

210 — **Nemaux.** *Portrait de jeune femme.* Signé et daté 1879.

211 — **Pascutti.** *Les Dilettanti.*

212 — **Pascutti.** *Les Bouquets de fête.* Charmante

scène d'intérieur avec personnages en élégants costumes Louis XV. Signé à gauche et daté 1876.

213 — **Swartschkow.** *Traîneau d'état-major russe.*

214 — **Téniers** (D'après). *Fumeurs et Buveurs.*

215 — **Thelinge.** *Femme du Directoire.* Peinture sur porcelaine.

216 — **Troyon.** *Entrée de forêt avec figures.* Belle aquarelle. Signée à gauche.

OBJETS D'ART ET D'AMEUBLEMENT

217 — Belle commode en marqueterie de bois rose et palissandre, richement ornée de bronzes ciselés et dorés, bandeaux à arabesques, consoles à volutes offrant sur le devant une couronne de laurier retenue par un nœud de rubans. Dessus en marbre brocatelle. Style Louis XVI.

218 — Petit cabinet en bois noir, orné d'incrustations d'ivoire gravé. Époque Louis XIII.

219 — Canapé-bergère et fauteuil en bois sculpté et doré, couverts en lampas. Époque Louis XVI.

220 — Lit en bois sculpté et doré, garni de lampas bleu pâle. Même style.

221 — Table à jeu en acajou, orné de bronzes et de cuivre. Style Louis XVI.

222 — Très beau vase en bronze ancien de Chine tacheté d'or, décoré de dessins gravés, avec anses à chimères et anneaux, supporté par trois animaux, avec socle et couvercle en bois sculpté à jour.

223 — Groupe en terre cuite : l'Innocence tourmentée par les Amours, de Carrier-Belleuse.

224 — Paire de cornets en vieux Chine de la famille verte, décor à personnages et fleurs ; monture en bronze doré.

225 — Jolie console en bois sculpté et doré, à tores de laurier, avec vase s'élevant au milieu ; dessus en marbre gris veiné rouge de Languedoc. Époque Louis XVI.

226 — Pupitre-papeterie en incrustations d'ivoire. Travail de Bombay.

227 — Plateau en bois de fer incrusté de burgau. Travail du Tonkin.

228 — Paravent à quatre feuilles, en bois de fer sculpté et broderies très fines à oiseaux et paysages sous verre.

229 — Jolie pendule en bronze doré représentant une allégorie de l'Astronomie ; cadran signé : *Balthazard*. Époque Louis XVI.

230 — Paire de beaux bras d'applique à deux lumières, modèle à têtes de bélier et guirlandes de laurier. Époque Louis XVI.

231 — Buste de Marie-Antoinette, en biscuit de Sèvres.

232 — Neuf petits sujets en ivoire sculpté. Travail japonais.

233 — Paire de très beaux bras d'applique à trois lumières, en bronze doré, à rinceaux feuillagés, surmontés de vases enguirlandés de laurier, Louis XVI.

234 — Pendule en marbre blanc et bronze doré, représentant Flore immolant à l'Amour. Époque Louis XVI.

235 — Paire de petits candélabres, modèle sphinx, en bronze, avec bouquets à trois lumières en bronze doré. Époque Louis XVI.

236 — Paire de flambeaux formant cassolette, modèles fûts de colonnes, en marbre bleu turquin, supportant des vases en bronze doré. Époque Louis XVI.

237 — Paire de vases en émail cloisonné de Chine, fond bleu turquoise.

238 — Statuette de Mercure en bronze.

239 — Pot à tabac en bois sculpté de Chine.

240 — Statuette en terre cuite, l'Invocation de *Gauthier*.

241 — Meuble d'appui en bois de citronnier et d'amarante, orné de bronzes. Style Louis XVI.

242 — Petite applique en bois avec chutes de fleurs en bronze finement ciselé et doré. Époque Louis XVI.

243 — Verre d'eau garni en argent.

244 — Paire de vases de Saxe avec couvercles, décor dans le goût chinois.

245 — Christ en ivoire sur bois noir.

246 — Paire de flambeaux, modèle au dragon, en bronze doré et argenté.

247 — Paire de chenets en bronze et biscuit. Style Louis XVI.

248 — Coffret en ivoire sculpté. Travail chinois.

249 — Deux figurines d'amours en porcelaine de Saxe.

250 — Paire de lampes en émail cloisonné de Chine, fond gros bleu, avec vases de fleurs, jardinières et arabesques en couleur; montures en bronze noirci et frotté.

251 — Paire de chenets en bronze doré, représentant deux enfants se chauffant.

252 — Deux canapés et trois fauteuils couverts de damas de soie rouge.

253 — Grand lustre en bronze garni de cristaux taillés, à trente lumières.

254 — Cabinet en bois du Tonkin, incrusté de burgau.

255 — Jardinière et deux boîtes en bois du Tonkin, incrustées de burgau.

256 — Coffret en incrustation de Bombay.

257 — Grande bonbonnière en laque de Pékin.

258 — Écran en bois sculpté et doré, avec panneau en tapisserie. Sujet chinois.

259 — Console en bois sculpté et doré, dessus de marbre blanc. Style Louis XV.

260 — Garniture de cheminée en marbre noir et bronze doré. Style Louis XVI, de *Raingo*.

261 — Devant de feu, même modèle.

262 — Suspension en cuivre poli, à dix-huit bougies et une lampe.

263 — Paire de vases en émail cloisonné de Chine, décor paysages.

264 — Paire de vases en bronze japonais, avec fleurs et oiseaux en relief dorés, argentés et ciselés.

265 — Cartel en bronze doré, modèle à guirlandes et festons de rubans sur fond en velours rouge. Style Louis XVI.

266 — Garniture de cinq pièces : brûle-parfums, vase et torchères en bronze du Japon.

267 — Vase, jardinière, brûle-parfums en porcelaine de l'Inde, de Chine et du Japon. (Sera divisé.)

268 — Grosse potiche avec couvercle en vieux Chine de la famille verte, décor à cavalier et paysage.

269 — Bel ameublement de salle à manger, en noyer sculpté, composé d'une grande armoire à deux portes avec étagères d'encoignures, un dressoir, une vitrine avec étagères d'encoignure et formant dressoir, une desserte, deux petites étagères-supports, une table ovale à rallonges et douze chaises couvertes en cuir.

270 — Deux appliques en bronze, à dix lumières.

271 — Nombreux groupes, figurines, pièces de service, objets d'étagères en porcelaine de Saxe et de Sèvres.

272 à 279 — Objets de vitrine en or, argent et émail. (Sera divisé.)

280 — Toilette et armoire à trois portes en palissandre.

TENTURES, ÉTOFFES, TAPIS

281 — Deux décorations de croisées et deux décorations de portes en lampas bleu pâle, avec draperies et galeries en bois doré. Style Louis XVI.

282 — Belle portière en satin jaune d'or de Chine, richement brodée de rosaces, de fleurs et d'oiseaux en soie de toutes nuances, bordée de franges, doublée de soie rose.

283 — Draperie en ancien brocart d'or, fond bleu, avec armoirie.

284 — Bandeau en ancien velours rouge, brodé d'écussons et d'ornements.

285 — Tapis de prière en satin vieil or, richement brodé d'arabesques et de fleurs. Travail ancien d'Orient.

286 — Petit panneau à fond de velours rouge, richement brodé d'or, représentant l'Annonciation. Travail du xvie siècle.

287 — Décorations de croisées et nombreuses portières en damas de soie rouge.

288 — Portière en soie rose, brodée de sujets chinois en soie de diverses nuances.

289 — Robe chinoise en satin chaudron, richement brodée à fleurs et papillons.

290 — Divers coussins en broderie de Perse et d'Orient.

291 — Nombreux tapis d'appartements et carpettes.

MOBILIER COURANT

292 — Meubles de cuisine, de chambres de domestiques.

293 — Batterie de cuisine en cuivre, fer blanc et fer battu.

294 — Verrerie, cristaux, porcelaines.